Monsieur
GLOUTON

Roger Hargreaves

D1304553

hachette
JEUNESSE

Monsieur Glouton aimait manger.

Plus exactement, monsieur Glouton adorait manger.

Et plus exactement encore, monsieur Glouton
mangeait comme dix ogres!

Et plus il mangeait, plus il grossissait.

Mais, comble de malheur, plus il était gros,
plus il avait faim.

Et plus il avait faim, plus il mangeait.

Et plus il mangeait, plus il grossissait.

Cela n'en finissait pas.

Collection MONSIEUR

1	MONSIEUR CHATOUILLE	25	MONSIEUR MAIGRE
2	MONSIEUR RAPIDE	26	MONSIEUR MALIN
3	MONSIEUR FARCEUR	27	MONSIEUR MALPOLI
4	MONSIEUR GLOUTON	28	MONSIEUR ENDORMI
5	MONSIEUR RIGOLO	29	MONSIEUR GRINCHEUX
6	MONSIEUR COSTAUD	30	MONSIEUR PEUREUX
7	MONSIEUR GROGNON	31	MONSIEUR ÉTONNANT
8	MONSIEUR CURIEUX	32	MONSIEUR FARFELU
9	MONSIEUR NIGAUD	33	MONSIEUR MALCHANCE
10	MONSIEUR RÊVE	34	MONSIEUR LENT
11	MONSIEUR BAGARREUR	35	MONSIEUR NEIGE
12	MONSIEUR INQUIET	36	MONSIEUR BIZARRE
13	MONSIEUR NON	37	MONSIEUR MALADROIT
14	MONSIEUR HEUREUX	38	MONSIEUR JOYEUX
15	MONSIEUR INCROYABLE	39	MONSIEUR ÉTOURDI
16	MONSIEUR À L'ENVERS	40	MONSIEUR PETIT
17	MONSIEUR PARFAIT	41	MONSIEUR BING
18	MONSIEUR MÉLI-MÉLO	42	MONSIEUR BAVARD
19	MONSIEUR BRUIT	43	MONSIEUR GRAND
20	MONSIEUR SILENCE	44	MONSIEUR COURAGEUX
21	MONSIEUR AVARE	45	MONSIEUR ATCHOUM
22	MONSIEUR SALE	46	MONSIEUR GENTIL
23	MONSIEUR PRESSÉ	47	MONSIEUR MAL ÉLEVÉ
24	MONSIEUR TATILLON	48	MONSIEUR GÉNIAL

Mr. Men   Little Miss

Monsieur Glouton vivait dans une maison
qui lui ressemblait beaucoup.

C'était une maison plutôt rondelette.

Un matin, monsieur Glouton se réveilla
un peu plus tôt que d'habitude.

Comme d'habitude, il avait rêvé qu'il engloutissait
mille petits plats délicieux,
et comme d'habitude il se réveilla très affamé.

Monsieur Glouton se leva et prit un petit déjeuner
qui n'était pas petit du tout.

Voici de quoi se composait son petit déjeuner.

Pain grillé - 2 tranches

Chocolat en poudre - 1 paquet entier

Lait - 1 litre

Sucre - 1 kilo

Pain grillé - encore 3 tranches

Œufs à la coque - 3

Pain grillé - encore 4 tranches

Beurre - 1 motte

Confiture - 1 pot entier

Monsieur Glouton avala en deux minutes
cet énorme petit déjeuner,
puis il se renversa sur sa chaise
et, repu, se frotta la panse d'un air satisfait.

– Quel délicieux petit déjeuner! se dit-il.

Vivement le repas de midi!

En attendant, il décida d'aller faire
une grande promenade,
pour se mettre en appétit.

Ce matin-là, monsieur Glouton fit des kilomètres et des kilomètres à pied.

C'est alors qu'il découvrit une grotte.

– Bizarre, je ne l'avais jamais remarquée, se dit-il.

Monsieur Glouton, qui était aussi curieux que glouton,
décida d'explorer cette grotte.

Il y entra.

Dans le noir il distingua un escalier géant.

Monsieur Glouton décida d'escalader
ces marches géantes.

Comme il était très gros, il eut beaucoup de mal
à les gravir.

Mais il finit par y arriver.

Tout en haut, monsieur Glouton trouva une porte.

C'était, sans aucun doute, la porte la plus grande qu'il eût jamais vue.

Et elle était entrouverte.

Monsieur Glouton décida d'aller voir de l'autre côté.

Il se glissa dans l'entrebâillement et découvrit un spectacle étonnant.

La plus grande pièce du monde !

Elle était aussi grande qu'un champ!

La table, au milieu de la pièce,
était aussi grande qu'une maison,
et les chaises aussi grandes que des arbres.

Monsieur Glouton se sentit tout petit.

Soudain une odeur lui chatouilla les narines.

C'était l'odeur la plus délicieuse
qu'il eût jamais respirée.

Monsieur Glouton décida alors de grimper
sur cette table.

Il se mit à escalader le pied de l'une
des énormes chaises.

C'était très difficile
et il lui fallut beaucoup de temps.
Mais il finit par atteindre le dessus de la table.

Il n'avait jamais rien vu de tel.

La salière et la poivrière étaient aussi grandes
que des cabines téléphoniques.

Sur la table, dans une coupe,
il y avait des fruits énormes!
Monsieur Glouton en eut l'eau à la bouche.
Il prit une orange et l'engloutit.

Puis Monsieur Glouton, glouton comme il l'était, croqua à belles dents dans une énorme pomme.

Mais il n'en mangea qu'une bouchée, car...

A l'autre bout de la table, il découvrit la source
de la délicieuse odeur.

Il y avait là une assiette énorme, géante, gigantesque,
et sur l'assiette, des saucisses énormes, géantes,
gigantesques, grandes comme des traversins ;
des pommes de terre énormes, géantes,
gigantesques, grosses comme des rochers ;
et des petits pois énormes, géants,
gigantesques, gros comme des ballons.

Monsieur Glouton se précipita vers l'assiette et
se mit à manger.

Mais soudain, une ombre passa au-dessus de l'assiette.
Monsieur Glouton se sentit soulevé
par une main géante et se trouva nez à nez
avec un géant en chair et en os.

– QUI ÊTES-VOUS? gronda le géant.

Monsieur Glouton eut si peur qu'il ne réussit
qu'à bredouiller son nom.

– Monsieur Glouton, dit-il d'une toute petite voix.

Le géant éclata d'un rire tonitruant.

– EH BIEN, MONSIEUR GLOUTON,
VOUS MÉRITEZ UNE BONNE LEÇON!

Voici quelle fut la leçon.

Le géant obligea monsieur Glouton à engloutir
TOUT ce qu'il y avait dans cette énorme assiette.
A toute vitesse !

A la dernière bouchée,
monsieur Glouton n'en pouvait plus.
Il avait l'impression qu'il allait éclater.

– Maintenant, dit le géant d'une voix plus douce,
me promettez-vous d'être moins glouton ?

– Oh ! oui, gémit monsieur Glouton,
je vous le promets !

– Très bien, dit le géant. Vous pouvez partir.

Monsieur Glouton descendit de la table
et sortit de la pièce.
Il se sentait très gros et très malheureux.

Sais-tu que, depuis ce jour-là,
monsieur Glouton a tenu sa promesse?

Regarde. Il est beaucoup mieux comme cela. Non?

Alors si tu connais quelqu'un d'aussi glouton que lui,
tu sais ce qu'il faut lui dire?

Attention aux géants!

1 MME AUTORITAIRE
2 MME TÊTE-EN-L'AIR
3 MME RANGE-TOUT
4 MME CATASTROPHE
5 MME ACROBATE
6 MME MAGIE
7 MME PROPRETTE
8 MME INDÉCISE
9 MME PETITE
10 MME TOUT-VA-BIEN
11 MME TINTAMARRE
12 MME TIMIDE
13 MME BOUTE-EN-TRAIN
14 MME CANAILLE
15 MME BEAUTÉ
16 MME SAGE
17 MME DOUBLE

LA COLLECTION MADAME
c'est aussi
40 personnages

18 MME JE-SAIS-TOUT
19 MME CHANCE
20 MME PRUDENTE
21 MME BOULOT
22 MME GÉNIALE
23 MME OUI
24 MME POURQUOI
25 MME COQUETTE
26 MME CONTRAIRE
27 MME TÊTUE
28 MME EN RETARD
29 MME BAVARDE
30 MME FOLLETTE
31 MME BONHEUR
32 MME VEDETTE
33 MME VITE-FAIT
34 MME CASSE-PIEDS
35 MME DODUE
36 MME RISETTE
37 MME CHIPIE
38 MME FARCEUSE
39 MME MALCHANCE
40 MME TERREUR

Dépôt légal : Mars 2010
ISBN : 978-2-01-224553-2 - Édition 12
Loi n° 49-956 du 16 juillet 1949 sur les publications destinées à la jeunesse.
Imprimé et relié en France par I.M.E.